OBJETS D'ART

ET

D'AMEUBLEMENT

TABLEAUX ANCIENS

PROVENANT

Du CHATEAU de VAUX-PRASLIN

DEUXIÈME VENTE

Les Lundi 10, Mardi 11 et Mercredi 12 Avril 1876.

EXPOSITIONS :

PARTICULIÈRE	PUBLIQUE
Le Samedi 8 Avril 1876.	Le Dimanche 9 Avril 1876.

Mᵉ CHARLES PILLET,

COMMISSAIRE-PRISEUR,

10, rue de la Grange-Batelière.

M. FÉRAL,	M. CHARLES MANNHEIM,
PEINTRE-EXPERT,	EXPERT,
54, rue du Faubourg-Montmartre.	7, rue Saint-Georges.

CATALOGUE

DES

OBJETS D'ART

ET D'AMEUBLEMENT

TABLEAUX ANCIENS

LA PLUPART DE L'ÉCOLE FRANÇAISE

Sculptures en marbre;

Pendules, Chenets, Appliques et Flambeaux des époques Louis XV et Louis XVI;

Bibliothèques, Armoires, Secrétaires, Commodes, Bureaux, Tables, etc.

des époques Louis XIV, Louis XV et Louis XVI;

Lits en bois sculpté; Beau Meuble de salon couvert en velours de Gênes;

Cabinets italiens; Torchères; Cadres et Consoles en bois sculpté;

Siéges Louis XV et Louis XVI couverts en tapisserie et en soie;

BELLES ÉTOFFES & TENTURES

LE TOUT PROVENANT

Du CHATEAU de VAUX-PRASLIN

ET DONT LA VENTE AURA LIEU

HOTEL DROUOT, SALLE N° 1

Les Lundi 10, Mardi 11 et Mercredi 12 Avril 1876,

A deux heures.

Par le ministère de **Mᵉ CHARLES PILLET**, Commissaire-Priseur,

10, rue de la Grange-Batelière,

Assisté de **M. CHARLES MANNHEIM**, Expert, 7, rue Saint-Georges,

Et de **M. FÉRAL**, Peintre-Expert, 54, rue du Faubourg-Montmartre,

Chez lesquels se trouve le présent Catalogue.

EXPOSITIONS { *PARTICULIÈRE* : Le Samedi 8 Avril 1876,
{ *PUBLIQUE* : Le Dimanche 9 Avril 1876,

DE UNE HEURE A CINQ HEURES.

CONDITIONS DE LA VENTE.

Elle sera faite au comptant.

Les adjudicataires payeront *cinq pour cent* en sus des enchères.

L'exposition mettant le public à même de se rendre compte de l'état des objets, il ne sera admis aucune réclamation une fois l'adjudication prononcée.

Ce Catalogue se distribue :

A PARIS

Chez MM. CHARLES PILLET, Commissaire-Priseur, rue de la Grange-Batelière, 10.

CHARLES MANNHEIM, Expert, rue Saint-Georges, 7.

FÉRAL, peintre-expert, 54, rue du Faubourg-Montmartre.

A L'ÉTRANGER.

Londres, chez MM.	F. DAVIS, 51, Pall Mall.
—	H. DURLACHER, 9, King-street, Saint-James square.
—	MYERS AND SON'S, 171, New Bond street.
Bruxelles,	ÉTIENNE LEROY, 8, rue des Chevaliers (avenue de la Toison-d'Or).
—	STROOBANTS, 9, boulevard d'Anvers.
Berlin,	LEPKE, Unter den Linden.
—	FIOCATI, Unter den Linden.
Vienne,	KAESER, 2, Bogner-Gasse.
Francfort-sur-Mein,	LOEWENSTEIN frères, Zeil.
—	GOLDSCHMIDT frères, Zeil.
Cologne,	BOURGEOIS frères.
Rotterdam,	LAMME, Conservateur du Musée.
Amsterdam,	BOASBERG, Kalverstraat.
La Haye,	SWAAB.
Florence,	RIBLET, marchand de curiosité.
Rome,	CASTELLANI.
Saint-Pétersbourg,	NEGRI, perspective Newski.

Paris. — Typ. PILLET fils aîné, 5, rue des Grands-Augustins.

TABLEAUX ANCIENS

DÉSIGNATION

TABLEAUX ANCIENS

ALBANE (D'après)

(QUATRE PENDANTS)

1 — La Toilette de Vénus.

2 — Adonis partant pour la chasse.

3 — Diane désarmant les amours endormis.

4 — Les Amours tirant de l'arc.

> Copies des tableaux qui sont au musée du Louvre.

BOUCHER (Attribué à FRANÇOIS)

5 — La Toilette.

> Dans un salon du temps de Louis XV, une soubrette tenant un bonnet orné de rubans le montre à une jeune femme assise, occupée à nouer sa jarretière.

BOUCHER (D'après FRANÇOIS)

6 — Les Amours pêcheurs.

CHAMPAIGNE (D'après PH. de)

7 — Portrait d'Antoine Arnaud de Port-Royal.

> Copie du tableau qui est au musée du Louvre.

COYPEL

8 — Portrait de jeune femme.

> Vue jusqu'à la ceinture, assise; la tête couverte d'un voile qui lui tombe sur les épaules; robe bleue décolletée avec manteau rouge.

DESHAYS (D'après J.-B.)

9 — Jeune femme endormie.

DE TROY (FRANÇOIS)

10 — Enée racontant ses malheurs à Didon.

La reine de Carthage vêtue d'une robe blanche, un manteau brodé d'or jeté sur ses genoux, est étendue sur un lit de repos placé près d'une table chargée de mets. En face d'elle est assis Enée portant une cuirasse, il raconte ses aventures à la déesse.

L'Amour, sous les traits du jeune Ascagne, conduit par le fidèle Achate et accompagné des principaux guerriers troyens qui apportent à la Reine les présents d'Enée, arrive tenant dans ses mains le voile d'Hélène. Un groupe de jeunes Tyriennes, debout derrière Didon regarde avec un sentiment de curiosité, mêlé d'attendrissement ; des femmes esclaves circulent autour des tables. Au fond, un orchestre de musiciens et de riches buffets sur lesquels s'étalent des vases d'argent et des coupes d'or. A gauche, entre les colonnes du vestibule du palais on aperçoit la mer et la poupe d'un vaisseau troyen.

Ce tableau, qui compte un nombre infini de personnages, est un des plus beaux et des plus curieux de cette époque. L'artiste, avec un soin extrême et un talent remarquable, a représenté dans cette composition allégorique tous les personnages de la cour de Louis XV.

DE TROY (FRANÇOIS)

11 — Portrait d'une dame de la cour de Louis XIV.

Debout dans un parc, elle porte une robe de satin blanc avec riches broderies d'or en partie cachée par un ample manteau en velours bleu ; à sa droite, un nègre lui présente des fleurs.

DE TROY (FRANÇOIS)

12 — Portrait de femme.

Assise ; les mains croisées et posées sur ses genoux ; cheveux en bandeaux ; collier de perles ; robe noire décolletée, ornée de riches broderies d'or ; manches en dentelle.

DYCK (D'après ANTOINE VAN)

13 — La mise au tombeau.

GASCARD (HENRI)

14 — Portrait de jeune fille en Diane chasseresse.

> Elle est debout dans un paysage tenant son arc:
> deux chiens sont à ses pieds.
> Signé.

GÉRARD (Attribué au baron)

15 — Portrait d'un artiste.

> Vu en buste; cravate blanche, habit marron; il
> tient un carton à dessins sous son bras gauche, et
> un crayon à la main droite.

GIORDANO (Attribué au chevalier LUC)

16 — L'Assomption de la Vierge.

HONDEKOETER (MELCHIOR DE)

17 — Oiseaux de basse-cour dans un parc.

HONTHORST (GÉRARD)

18 — Saint Joseph, l'Enfant Jésus et deux anges

HUILLIOT (PIERRE-NICOLAS)

(DEUX PENDANTS)

19 — Fleurs dans des vases de marbre.

Paons, cygne et perroquet sur des terrasses.

MIGNARD (PIERRE)

20 — Portrait d'une dame de la cour de Louis XIV.

Vue à mi-corps, assise dans un parc; cheveux
frisés tombant sur les épaules; robe blanche décolletée, manteau bleu orné de broderies.

MIGNARD (Genre de PIERRE)

21 — Portrait de la duchesse de Lauzun.

Assise dans un paysage, les cheveux poudrés
ornés de fleurs, robe bleue décolletée, manteau
rouge; elle tient un collier de perles. A sa droite

est un amour dont la main est posée sur son bras.
En haut on lit l'inscription suivante :

Geneviève de Durfort, seconde fille de Guy Alouse
de Durfort, maréchal duc de Lorge, a épousé Antoine Nompart de Caumont, duc de Lauzun, che-
valier de l'ordre de la Jarretière.

MIGNARD (Genre de PIERRE)

22 — Portrait d'une dame de la cour.

Assise dans un paysage ; les cheveux frisés ornés
d'un ruban rouge ; robe bleu décolletée ; son bras
gauche est posé sur un coussin de velours rouge ;
elle tient une fleur.

MIGNARD (Genre de PIERRE)

23 — Portrait d'un Maréchal de France.

Debout, dans un paysage, vu jusqu'aux genoux,
il porte une cuirasse, une écharpe blanche et le
cordon bleu de l'ordre du Saint-Esprit ; sa main
gauche est appuyée sur un socle de colonne, de la
droite, il tient le bâton de commandement fleur-
delisé.

MIGNARD (D'après PIERRE)

24 — Portrait d'une dame du temps de Louis XIV.

Vue à mi-corps, la tête entourée d'un voile de guipure.

MARTIN

25 — Vue du parc et de la pièce d'eau du château de Vaux-Praslin.

Toile ovale dans un cadre doré.

MARTIN

26 — Siége et bombardement d'un port de mer.

NATTIER (Genre de MARC)

27 — Portrait d'une dame de la cour de Louis XV, figurant une source.

Debout, vêtue d'une robe blanche décolletée, elle tient de son bras gauche une urne d'où s'échappe un cours d'eau, des iris fleurissent à ses pieds.

OUDRY (Genre de)

28 — Singe et oiseaux.

Dessus de porte.

PORBUS (Genre de)

29 — Portrait en pied de Jean-Frédéric duc de Bavière.

En haut se trouve l'inscription suivante : Johannes Fredericus, comes Palatinus Rheni, dux Bavariæ ; anno ætatis XI mense XI ; anno Christi 1599.

RAOUX (Attribué à JEAN)

30 — Portrait de jeune femme.

Debout, vue jusqu'à la ceinture ; cheveux poudrés ornés de plumes ; robe en satin noir à crevés, la main gauche posée sur une table ; de la main droite elle tient un loup en velours.

RAOUX (Genre de JEAN)

31 — Le Concert.

REGNAULT (Attribué au baron J.-B.)

32 — Danaé recevant la pluie d'or.

Toile ovale.

RESTOUT

33 — Un moine tenant un livre.

La figure de trois quarts tournée vers la gauche,
il est vêtu d'un habit blanc avec capuchon rabattu.

RIGAUD (Attribué à H.)

34 — Portrait du maréchal de Belle-Isle.

Vu à mi-corps, il porte une cuirasse; on aperçoit
dans le fond une forteresse dont il commande le
siége.

RIGAUD (D'après H.)

35 — Portrait de Louis XIV.

Debout, vu jusqu'aux genoux, portant une cuirasse, manteau rouge et écharpe blanche, de la
main droite, il tient le bâton du commandement.

SANTERRE (J.-B.)

36 — Jeune fille assise devant une table occupée
à cacheter une lettre.

SUBLEYRAS (Attribué à PIERRE)

37 — La Résurrection du Christ.

VAN LOO (Genre de CARLE)

38 — Portrait d'un officier supérieur.

> La tête de face, les cheveux poudrés, vu à mi-
> corps, il porte une cuirasse et le grand cordon du
> Saint-Esprit.

VAN LOO (Attribué à MICHEL)

39 — Portrait de Louis XV.

> De face, à mi-corps, vêtu d'une cuirasse et d'un
> habit en velours rouge avec manteau bleu fleurde-
> lisé; il porte le ruban bleu de l'ordre du Saint-
> Esprit et le ruban rouge de la Toison-d'Or.
> Toile ovale dans un cadre en bois sculpté.

VOUET (SIMON)

40 — Adonis partant pour la chasse.

ÉCOLE ESPAGNOLE

41 — La Sainte Famille adorée par des anges.

ÉCOLE FLAMANDE

42 — Sainte Cécile.

> Elle est assise devant un orgue dont elle touche
> en chantant; au-dessus de sa tête voltigent deux
> anges, l'un porte une palme et l'autre lui présente
> une couronne; derrière elle, une ronde d'anges.

ÉCOLE FLAMANDE

43 — Le Christ mort soutenu par la Vierge; à
droite, deux anges en adoration.

ÉCOLE FLAMANDE

44 — Jésus chez Marthe et Marie.

Peinture sur cuivre.

ÉCOLE FRANÇAISE

45 — Portrait d'une dame de la cour de Louis XV.

Assise au bord de la mer; le bras gauche est posé
sur un rocher au bas duquel se trouve un casque;
la main droite est appuyée sur l'épaule d'un enfant
tenant un bouclier.

Toile ovale dans un cadre en bois sculpté et doré.

ÉCOLE FRANÇAISE

46 — Portrait d'un seigneur du temps de Louis XV.

Debout sur une terrasse où sont posés deux fai-
sans; fond de parc avec statues.

ÉCOLE FRANÇAISE

47 — Portrait d'un Maréchal de France.

ECOLE FRANÇAISE

48 — Portrait d'un personnage du temps de Louis XIV.

Vu de face, debout ; habit en velours bleu avec broderies dorées ; il porte le cordon et la plaque de l'ordre du Saint-Esprit.

ÉCOLE FRANÇAISE

49 — Portrait de jeune femme.

Assise dans un paysage, elle est représentée sous le costume de Flore ; les cheveux poudrés ornés de fleurs ; la main gauche est appuyée sur sa joue ; une rose détachée est jetée sur ses genoux ; près d'elle, un jeune garçon sous les traits de Zéphir.

Toile ovale dans un cadre en bois sculpté et doré.

ÉCOLE FRANÇAISE

50 — Portrait de femme.

Vue de face et assise ; vêtue d'une robe rouge décolletée et bordée de fourrure.

ÉCOLE FRANÇAISE

51 — Portrait de Mme de Lassonne.

Toile ovale

ÉCOLE FRANÇAISE

52 — Portrait d'une dame en costume de chasse.

Elle a deux chiens à ses pieds; à sa gauche, des oiseaux morts.

ÉCOLE FRANÇAISE

53 — Saint Laurent diacre.

ÉCOLE FRANÇAISE

54 — L'Enlèvement de Proserpine.

55 — L'Age d'or.

56 — Le Déluge.

57 — Les Quatre saisons.

(Panneaux primitifs).

58 — Halte de chasse.

ÉCOLE FRANÇAISE

59 — Le Triomphe d'Amphitrite.

60 — Persée délivrant Andromède.

61 — L'Enlèvement d'Europe.

62 — Bacchus et Ariane.

Toiles ovales.

63 — Pastorales (deux pendants).

64 — Panneaux allégoriques : Phaëton condui-
sant le Soleil, Daphné changée en laurier,
Vénus et Adonis, etc., etc.

65 — Bacchant jouant de la flûte.

Toile ovale.

ECOLE FRANÇAISE

(QUATRE PENDANTS)

66 — Figures allégoriques.

ÉCOLE HOLLANDAISE

67 — Portrait de femme et de deux jeunes filles.

ÉCOLE ITALIENNE

68 — Le martyre de saint Laurent.

GRAVURES

69 — Louis XIV.

> Gravé par *Nanteuil*, d'après *P. Mignard.*

70 — Anne d'Autriche.

> Gravé par *Nanteuil*, d'après *P. Mignard.*

71 — Le cardinal Mazarin.

72 — Le cardinal de Richelieu.

73 — Portrait de Julius-Paulius de Lionne.

> Gravé par *Nanteuil.*

74 — Le maréchal de Puységur.

> Gravé par *Daullé*, d'après *Tournière.*

75 — Le maréchal de Belle-Isle.

> Gravé par *G. Will*, d'après *H. Rigaud.*

76 — Le maréchal de Villars.

Gravé par *P. Drevet*, d'après *H. Rigaud.*

77 — Portrait d'une dame de la cour de Louis XV, cueillant des fleurs.

Gravé par *Valé**, d'après *H. Rigaud.*

78 — Portrait d'une dame de la cour de Louis XV, représentée en Cérès.

Gravé par *Ch. Drevet*, 1728, d'après *H. Rigaud.*

79 — Portrait du maréchal de Villars.

Gravé par de *Rochefort* 1712, d'après *H. Rigaud.*

80 — Mademoiselle Duclos.

Gravé par *L. Desplaces*, d'après *Largillière.*

81 — Hélène Lambert.

Gravé par *F. Drevet*, d'après *Largillière.*

82 — La duchesse de la Vallière.

Clément de Jonghe, Exc. H. B. sculp.

83 — F. Girardon.

Gravé par *Drevet*, d'après *Virien*.

84 — Mademoiselle d'Angeville, la jeune.

Gravé par *J. P. Lebas*, d'après *Pater*.

85 — Le Philosophe marié.

Gravé par *C. Dupuis*, d'après *Lancret*.

86 — Flore et Zéphir.

Gravé par *Bernard Picart*, d'après *Coypel*.

87 — L'Amour coquet.

Gravé par *Jeaurat* en 1732.

88 — Toilette pour le bal.

89 — Retour du bal.

Gravés par *Beauvarlet*, d'après de *Troy*.

90 — La petite fille au chien.

(Deux épreuves.) Gravées par *Porporati*, d'après *Greuze*.

91 — Plan des fortifications d'une ville, présenté
le 10 décembre 1777 à S. M. Joseph II.

Dessiné par *Eisen*, gravé par *Palas*.

92 — Principaux événements de la conquête du
Rhin par Louis XIV et portraits les plus mar-
quants de l'Europe à cette époque, avec un
calendrier pour l'année 1676.

93 — Le Baptême de monseigneur le Dauphin, le
27 avril 1737 et les principaux événements
historiques qui se sont passés la même année,
avec un almanach pour MDCCXXXVIII.

94 — La sanglante défaite des Turcs par l'armée
impériale, commandée par Leurs Altesses de
Lorraine et de Bavière, près la ville de Siclos,
au-dessous de la montagne d'Arsca, le 12
aoust 1687, avec un almanach pour l'année
MDLXXXVIII.

95 — La poursuite du chevreuil.

D'après *J. B. Oudry*.

96 — Vénus couchée dans un paysage.

D'après *V. Lefebvre*.

97 — La Religion chassant les faux dieux.

> Dessiné par *S. Bolswert*, gravé par *Nicolas Lauwers.*

98 — L'échange des deux reines, Isabelle de Bourbon et Anne d'Autriche.

> Dessiné par *Nattier*, gravé par *B. Audran*, d'après *Rubens.*

99 — Allégorie du vin.

> Par *Jacobus Winge.*

100 — Vue à vol d'oiseau de la ville de Rome en 1763.

101 — Vue de la place Saint-Pierre et du Vatican en 1774.

102 — Vue intérieure de la chapelle du Vatican en 1775.

103 — Vue du Vatican en 1778.

104 — L'Hiver, le Printemps, l'Été et l'Automne.

> Gravés par *C. I. Isscher*, 1617, d'après *Isaïe Van de Velde.*

105 — Les quatre éléments.

Par *Isaïe Van de Velde.*

106 — Femme de qualité reposant sur un lit.

Trois sujets faisant suite, par *J. D. de Saint-Jean.*

107 — L'Adoration des anges.

Par *Carle Maratte.*

108 — Vue d'une fontaine monumentale entourée de palais.

Gravé par *P. V. D. Berge*, d'après *Moucheron.*

109 — Pluton et Proserpine.

110 — Neptune et Amphitrite.

111 — Diane et ses nymphes.

OBJETS D'ART

ET

D'AMEUBLEMENT

DÉSIGNATION DES OBJETS

SCULPTURES

112 — Marbre blanc. — R. GAYRARD. — Groupe. —
Jeune enfant à demi couché et deux chiens.

113 — Marbre blanc. — R. GAYRARD. — Figure d'amour
couché et endormi, sur piédestal en velours et étoffe de
soie bleue avec glands et franges.

114 — Marbre blanc. — Figure de femme nue, couchée et
endormie sur un lit de repos. xviiie siècle.

115 — Marbre blanc. — Buste d'empereur romain, grandeur nature. xvie siècle.

116 — Marbre blanc. — Grand médaillon rond offrant, en
haut-relief, un buste de profil de grandeur colossale
couronné de lauriers. xvie siècle.

117 — Marbre blanc. — Divers fragments de statues et
bas-reliefs antiques.

118 — Terre cuite peinte. — Buste de paysanne, grandeur
nature. Cette pièce est peinte au naturel.

119-126 — Quantité de mascarons en marbre blanc ou
pierre du temps de Louis XIV. Ce lot sera divisé.

127 — Marbre blanc. — Belle cheminée du temps de
Louis XIV sculptée à coquilles et ornements.

128 — Marbre blanc. — Cheminée Louis XVI, modèle à
consoles cannelées.

129 — Marbre rouge de Flandres.— Cheminée Louis XV,
modèle à contours.

BRONZES D'AMEUBLEMENT

130 — Pendule Louis XV en bronze ciselé et doré, formée
d'une branche rocaille supportant le mouvement sur
lequel est un perroquet. Le socle rocaille est orné d'un
cerf courant poursuivi par un chien.

131 — Pendule Louis XVI en forme de lyre en bronze
doré au mat, modèle à volutes guirlande de fleurs et soleil. Le socle est en marbre blanc.

132 — Petite pendule Louis XV en bronze vert et bronze doré, formée d'un petit éléphant debout supportant le mouvement et garnie de branchages.

133-134 — Deux très-petites pendules formées chacune d'une petite colonne en marbre blanc garnie d'ornements de bronze et surmontée d'un vase.

135 — Petit cartel avec mouvement de montre, en forme de gaîne en bronze doré, ornée de guirlandes de lauriers.

136 — Petite pendule avec mouvement de montre, en bronze, modèle à consoles. Epoque Louis XVI.

137-139 — Trois paires de girandoles ou candélabres à neuf lumières, modèle à consoles en bronze doré ou argenté, garnis de boules, perles, étoiles, etc., en verre. La partie supérieure en forme de couronne se termine par une fleur de lys. Style Louis XIV.

140 — Petite pendule Louis XVI en marbre blanc et bronze doré au mat ornée de deux colonnettes cannelées et surmontée d'un vase.

141 — Ecritoire de forme carrée à moulures, en marbre rouge de Flandres et garnie de pieds et d'ornements en bronze ciselé et doré.

142 — Très-grand brazero en forme de vase à couvercle et sur large plateau rond en cuivre jaune poli. Travail italien.

143 — Autre brazero de forme ovale et basse à quatre pieds sur plateau, en cuivre jaune poli. Même travail.

144 — Petit miroir de forme octogone à biseaux avec cadre Louis XIII en bronze ciselé.

145 — Très-grande paire de chenets en cuivre poli modèle à mufles de lions et chevaux marins surmontés de vases ovoïdes allongés.

146 — Deux chenets du temps de Louis XV : Enfants en costumes Watteau sur socle rocaille.

147 — Deux petits chenets Louis XIV en bronze : Sphinx couchés sur des socles carrés à mascarons.

148 — Deux chenets Louis XV en bronze doré formés de vases ornés de guirlandes de lauriers et de galeries surmontées de deux petits vases.

149 — Deux chenets Louis XIV en bronze doré formés de cassolettes à trépieds sur socles triangulaires ornés de médaillons.

150 — Deux chenets Louis XV en bronze doré formés de

figurines de jardinier et jardinière, assis sur des socles
rocaille.

151 — Deux grands chenets à boules en cuivre poli avec
support orné d'un mascaron couronné.

152 — Deux chenets rocaille en bronze doré surmontés de
perroquets. Epoque Louis XV.

153 — Deux chenets de même époque composés de larges
rinceaux et de feuilles.

154 — Deux petits chenets modèle rocaille en bronze doré
surmontés de figures de chien et de loup. Epoque
Louis XV.

155 — Deux petits chenets Louis XIV en bronze doré :
Fleuve et rivière couchés sur des socles rectangulaires
ornés de mascarons.

156 — Deux chenets, à galeries à balustres et à pommes
ciselées à feuilles. Epoque Louis XVI.

157 — Deux paires de chenets analogues à ceux qui précèdent, mais plus petits.

158 — Deux petits chenets en bronze doré, modèle rocaille,
à figures d'enfants. Epoque Louis XV.

159 — Diverses pelles et pincettes à boutons de bronze.

160 — Paire de bras-appliques à deux lumières en bronze doré, formés chacun d'une cariatide d'enfant tenant de chaque main une branche porte-lumière.

161 — Paire de bras appliques du temps de Louis XIV, en bronze doré, formés des cariatides de Flore et de Zéphyr tenant de chaque main une branche porte-lumière.

162 — Deux petits bras-appliques en bronze doré modèle rocaille à deux lumières. Epoque Louis XV.

163 — Paire de bras-appliques du temps de Louis XIV, en bronze doré, formés chacun de deux branches feuillagées et enroulées.

164 — Trois serrures doubles en bronze ciselé et doré à ornements rocaille, feuillages et coquilles. Epoque Louis XV.

165 — Paire de patères Louis XVI en bronze ciselé et doré.

166-169 — Quatre lanternes d'escalier en bronze, modèle Louis XV à consoles et coquilles. Elles seront vendues séparément.

170-184 — Vingt-deux paires de flambeaux en bronze doré et autres des époques Louis XIV, Louis XV et Louis XVI. Ils seront vendus par paire.

185 — Deux poignées de portes du temps de la Régence, en bronze ciselé à ornements rocaille et feuilles.

OBJETS VARIÉS

186 — Harpe en bois d'acajou enrichie d'ornements sculptés.

187 — Curieuse serrure en cuivre jaune avec figure automate en relief marquant sur un cadran le nombre de fois que la serrure a été ouverte. Epoque Louis XIII.

188 — Tableau généalogique d'une famille Lopez d'Espagne, peint sur vélin et portant quantité de figures et d'armoiries.

189 — Trépied en fer forgé et doré.

190 — Épée de cour du temps de Louis XVI à poignée ciselée à trophées et ornements sur fond damasquiné d'or.

191 — Couteau de chasse garni en argent ciselé.

192 — Trois pièces : Epée de cour en acier bleui, et deux sabres.

193 — Cave à liqueurs composée de onze pièces en verre gravé et autres : flacons, plateau et verres.

194 — Serrure du temps de Louis XIV en fer gravé à armoiries et portant un mufle de lion ciselé en relief. Elle est accompagnée de sa clef.

195 — Serrure du temps de Louis XIV en fer doré à la feuille et à ornements découpés.

196 — Télescope en cuivre et peau, sur pied en cuivre poli.

197 — Autre grand télescope en cuivre poli.

MEUBLES

198 — Très-grand meuble à trois portes vitrées, avec corniche, embases et intérieur en laque noir et rouge à décor d'or et à montants et chapiteaux plaqués d'écaille et de nacre de perle.

199 — Armoire Louis XVI en acajou massif fermant à deux portes pleines et à colonnes et pilastres incrustés de cannelures en cuivre poli.

200 — Pendule avec son socle de suspension en marqueterie d'écaille et cuivre et garnie de bronzes. Epoque Louis XIV.

201 — Petite table Louis XVI sur pieds carrés en bois d'acajou, le dessus est encadré de cuivre.

202 — Grand secrétaire droit en bois d'acajou garni d'ornements en bronze ciselé et doré. Les angles sont ornés de colonnettes entourées de branches de lierre et de montants terminés par des têtes de femmes. Travail des dernières années du xviii° siècle.

203 — Ecran du temps de Louis XIV en bois sculpté garni d'une tapisserie au petit point à figure et ornements.

204 — Guéridon en laque de Chine à fond rouge et décor d'or.

205 — Petite table tricoteuse en marqueterie de bois à quadrilles et rosaces. Epoque Louis XVI.

206 — Guéridon Louis XVI de forme octogone en marbre bleu turquin et monté sur une colonne et trois consoles en bois d'acajou garnies de bronze doré.

207 — Glace de forme contournée à sa partie supérieure, taillée à biseaux et à encadrement de glace à biseaux avec moulures, rosaces et figures en bronze ciselé et doré. Style Louis XIV.

208 — Petit guéridon rond formé d'une mosaïque de Florence à médaillon d'oiseau sur fond noir et monté à trépied en bronze doré. Epoque Louis XVI.

209 — Deux grands plateaux en laque de Chine encadrés de bambou.

210 — Ecritoire en laque avec godets et sonnettes en cuivre argenté.

211 — Ecritoire analogue mais avec plateau en bois noir.

212 — Grand fauteuil chinois en bambou.

213 — Secrétaire droit Louis XV en marqueterie de bois de rose et bois de couleurs, à médaillon de personnages, vases et bouquets de fleurs et garni de quelques ornements de bronze.

214 — Petite encoignure étagère à deux portes et deux tablettes en marqueterie de bois à arbustes et oiseaux. Epoque Louis XV.

215 — Petit bureau à cylindre formant bonheur du jour en bois d'acajou, garni d'ornements en bronze ciselé et doré. Epoque Louis XVI.

216 — Secrétaire droit du temps de Louis XVI en marqueterie de bois à fleurs et trophées de musique et garni d'ornements de bronze ciselé et doré.

217 — Deux gaînes à volutes de style Louis XIV, en marqueterie de cuivre, écaille et étain, richement garnies de bronzes ciselés et dorés.

218 — Petite table de style Louis XVI en bois de placage
incrusté de filets de cuivre et garnie d'ornements en
bronze doré au mat.

219 — Etagère d'angle en bois de placage et garnie de
deux tiroirs en marqueterie de cuivre sur écaille de
l'Inde. Epoque Louis XIV.

220 — Jardinière Louis XVI de forme oblongue sur pieds
cannelés en bois d'acajou, garnie de rangs de perles en
bronze.

221 — Commode Louis XV à deux tiroirs en bois de rose
à quadrilles et garnie de quelques ornements de bronze.
Le dessus en scagliola à ornements et figures sur fond
noir, imite la mosaïque.

222 — Encrier de bureau en marqueterie de cuivre sur
bois avec poignée de bronze.

223 — Pendule de forme carrée à dôme en bois noir garnie d'ornements de bronze ciselé. Le cadran porte le
nom: *Nicola Aimonier Roma* 1746.

224 — Deux petits cartels porte-montre en marqueterie de
cuivre et garnis de bronze.

225 — Petite table Louis XVI en bois d'acajou et moulures des pieds en bronze.

226 — Grande commode Régence, de forme contournée et
à trois rangs de tiroirs en bois de placage et bronze et à
dessus de marbre.

227-228 — Deux commodes analogues à celle qui précède.

229 — Petite console du temps de Louis XV en marqueterie de bois à fleurs garnie d'ornements rocaille en
bronze et à dessus de marbre.

230 — Jolie petite encoignure du temps de Louis XV en
marqueterie de bois de rose et bois satiné à fleurs et
garnie de jolis ornements rocaille et de fleurs en bronze
ciselé; dessus de marbre brèche d'Alep.

231 — Petite commode du temps de Louis XV de forme
contournée à trois rangs de tiroirs, en bois de placage
et garnie d'ornements rocaille en bronze.

232 — Meuble à hauteur d'appui fermant à deux portes vitrées encadrées de marqueterie de cuivre. Les côtés en
bois noir sont incrustés de filets de cuivre et garnis, ainsi
que le reste du meuble, d'ornements de bronze. Dessus
de marbre grisâtre. Epoque Louis XIV.

233 — Grande commode du temps de Louis XVI à trois
rangs de tiroirs en bois d'acajou garnie d'ornements et
de têtes de béliers en bronze ciselé et doré.

234 — Très-grand secrétaire droit formant armoire, en bois
de rose, garni de trophées et d'ornements en bronze ciselé et doré. Epoque Louis XV.

235 — Trois jolies bibliothèques accompagnant le meuble
qui précède et à deux portes grillées chacune. Ce lot
sera divisé.

236 — Grand paravent à huit feuilles en laque de chine à
décor d'or sur fond brun.

237 — Grand bureau du temps de Louis XV en bois de
placage garni de beaux ornements rocaille en bronze.

238 — Autre bureau plat en bois de placage garni de bronze.
Epoque Louis XIV.

239 — Secrétaire Louis XVI en bois d'acajou enrichi d'une
frise et de moulures en bronze ciselé et doré. Il a une
porte à abattant et deux portes dans le bas.

240 — Commode de même travail et accompagnant le secrétaire qui précède.

241 — Table à ouvrage de forme ovale à quatre pieds et
entrejambes, en bois d'acajou garnie de bronzes ciselés
et à dessus de marbre blanc.

242 — Table de nuit de la fin du règne de Louis XVI en
bois d'acajou garnie de têtes et de pieds de lion.

243 — Table toilette à trois tiroirs en bois d'acajou et à ta-
blette de marbre bleu turquin supportée par deux colonnes cannelées à moulures de cuivre. Epoque Louis
XVI.

244 — Petite table ovale à quatre pieds en bois d'acajou et
bois de citron et à dessus de marbre blanc. Epoque
Louis XVI.

245 — Grande commode Louis XVI en bois d'acajou garnie de quelques ornements de bronze doré. Elle est à
trois rangs de tiroirs et elle a un dessus de marbre
blanc.

246 — Secrétaire Louis XVI forme droite à porte à abattant et à quatre tiroirs, en acajou et garni de quelques
ornements de bronze.

247 — Commode Louis XVI en marqueterie de bois à quadrilles et rosaces et garni de quelques bronzes ciselés.
Dessus de marbre rougeâtre.

248 — Commode Louis XV en laque rouge à décor d'or de
style chinois et garnie d'ornements de bronze ciselé et
doré.

249 — Guéridon pliant à un seul pied cannelé, en bois d'a-
cajou. Epoque Louis XVI.

250 — Secrétaire du temps de Louis XVI en marqueterie

de bois de rose, enrichi de panneaux de laque à fond noir.

251 — Meuble à hauteur d'appui ouvrant à deux portes, de même travail que le secrétaire qui précède.

252 — Lit Louis XVI en bois sculpté et doré, modèle à colonnes cannelées et moulures à feuilles de lauriers.

253 — Lit Louis XVI en bois sculpté et peint en blanc avec baldaquin supporté par des colonnes cannelées. Il est garni et accompagné de ses rideaux en damas de soie, à fond blanc.

254 — Lit de style Louis XV en bois sculpté à coquilles et ornements et rehaussé d'or.

255 — Lit du temps de l'empire en bois d'acajou garni de branches de pavots et autres ornements en bronze ciselé et doré au mat.

256 — Petit paravent à quatre feuilles en acajou à grecques découpées et garniture d'étoffe verte.

MEUBLES ITALIENS

ET AUTRES

257 — Beau coffre vénitien du xv⁰ siècle, de forme rectangulaire en marqueterie d'ivoire, bois de couleur et ivoire teint.

258 — Jeu de loye pour le divertissement de sa majesté en bois d'ébène incrusté d'ivoire et de bois de couleur et portant des fleurs de lys dans les angles.

259 — Petit cabinet fermant à deux portes et renfermant quantité de tiroirs, en bois d'ébène incrusté d'ivoire gravé. Travail italien.

260 — Autre petit cabinet incrusté d'ivoire et à porte centrale ornée de deux colonnettes.

261 — Jeu de trictrac formant échiquier en bois dur richement incrusté d'ivoire gravé à fleurs et ornements. Travail italien du xviie siècle.

262 — Balai d'âtre en os tourné et à pomme en ivoire sculpté à figures et ornements. Epoque Louis XIV.

263 — Petite console en bois sculpté et doré à ornements rocaille. Le dessus est formé d'une plaque d'ancienne porcelaine italienne décorée d'un sujet de bacchanale dans un paysage. Epoque Louis XV.

MEUBLES EN BOIS DORÉ

264 — Torchère formée d'une figure de femme debout en bois sculpté peint en blanc et doré. Travail italien.

265 — Très-grande console du temps de Louis XV, en bois
sculpté et doré composée d'ornements rocaille et de
fleurs et à pieds reliés par un entrejambes orné d'une
large coquille. Dessus de marbre à moulures.

266 — Autre console de même style, mais moins grande
que celle qui précède, en bois sculpté et doré en or de
couleurs.

267 — Console Louis XVI à six pieds cannelés en bois sculpté et doré et enrichie de mascarons et de rinceaux peints
en couleurs. Dessus de marbre blanc.

268 — Très-grande table en mosaïque de Florence à tro-
. phées d'armes et ornements exécutés en marbre de
diverses nuances sur fond varié de couleurs; sur pieds
en bois peint en blanc.

269 — Deux très-petites consoles Louis XV en bois sculpté et doré, à ornements rocaille et fleurs. Dessus de velours rouge.

270 — Console italienne en bois sculpté peint et doré composée d'enroulements, d'une figure de génie debout et
de deux têtes d'enfants. Dessus de velours rouge.

271 — Console italienne supportée par une figure de Neptune assis dans une coquille, en bois sculpté, doré,
argenté et peint.

272 — Deux consoles de suspension en bois sculpté et doré
en or de couleurs à ornements rocaille, fleurs et dra-
gons.

273 — Petite console de suspension composée de rinceaux,
d'une coquille et d'un mascaron tête de femme.

274 — Deux petits socles composés d'ornements rocaille en
bois sculpté et doré.

275 — Deux négrillons en bois sculpté peint et doré supportant des corbeilles en osier doré. Style italien.

276 — Petite console Louis XVI de forme cintrée en bois
sculpté et doré à colonnettes cannelées, guirlandes de
fleurs et vase. Dessus de marbre.

277 — Très-grande console italienne en bois sculpté doré
et rechampi de noir. Les pieds à volutes se terminent
par des têtes d'enfants grandeur nature. La frise décou-
pée à jour se compose de rinceaux, de festons de fleurs
et d'un mascaron. L'entre-jambes est orné à son centre
d'une figurine d'amour. Style Louis XIV.

278-285 — Quantité de cadres en bois sculpté et doré des
époques Louis XIV, Louis XV et Louis XVI.

286 — Deux médaillons ovales en bois sculpté offrant en
haut-relief deux figures d'enfants tenant des festons de
fleurs. Époque Louis XV.

MEUBLES — SIÉGES

287 — Très-beau meuble de salon en bois sculpté, du temps de Louis XIV, couvert de beau velours de Gênes, à riche dessin vert et rouge sur fond blanc. Il se compose de dix fauteuils et un canapé.

288 — Grand fauteuil Louis XV, en bois sculpté et doré, couvert d'étoffe de soie ancienne à fleurs brochées sur fond violacé lamé d'argent et d'or.

289 — Fauteuil Louis XV, en bois sculpté, doré et rechampi de blanc, couvert de tapisserie au point à larges fleurs sur fond jaune.

290 — Quatre fauteuils Louis XVI, en bois sculpté et peint en blanc, couverts de tapisserie à médaillons, corbeilles de fleurs et festons de fleurs sur fond blanc.

291 — Deux petites bergères Louis XVI, de même style que les fauteuils qui précèdent.

292 — Meuble Louis XVI, en bois peint en blanc et couvert en damas de soie rouge à bouquets blancs. Il se compose de deux bergères et de quatre fauteuils.

293 — Chaise longue Louis XVI, en bois sculpté doré et rechampi de blanc, couverte de belle étoffe à bandes bleues et noires alternées et fleurs brochées.

294 — Lit de repos en bois sculpté et doré, à dossier sur-
monté d'un écusson armorié. Travail italien.

295 — Grande bergère Louis XV, en bois sculpté et doré,
couverte en damas de soie jaune d'or à fleurs blanches
brochées.

296 — Dix-huit chaises de salle à manger, en bois de noyer
sculpté et à entre-jambes. Elles sont couvertes et à
dossiers garnis de cuir gaufré décoré en couleurs et or.

297 — Deux chaises de jeux, modèle à lyre, en bois
sculpté et peint en blanc, couvertes.

298 — Chaise longue en deux parties, en bois sculpté et
doré, garnie mais non couverte. Epoque Louis XV.

299 — Un canapé, deux fauteuils et six chaises en bois
sculpté et doré, de style Louis XIV, non garnis.

300 — Cinq fauteuils de même style, garnis mais non couverts.

301 — Chaise longue ou lit de repos, en bois sculpté et
doré et couvert en damas de soie rouge. Avec coussins.

302 — Quatre grands fauteuils Louis XV, en bois sculpté
rehaussé d'or et couverts en damas de soie rouge.

303 — Meuble de salon Louis XVI, en bois sculpté, peint en blanc, couvert en cretonne à fleurs. Il se compose de : deux bergères carrées, six fauteuils et deux chaises.

304 — Deux chaises prie-Dieu, du temps de Louis XVI, en bois sculpté et peint en blanc, couvertes en tapisserie à la main à chiffre et fleurs sur fond vert.

305 — Une bergère et deux fauteuils Louis XVI, couverts en étoffe de soie à petit dessin chiné et à larges carreaux.

306 — Deux bergères et deux fauteuils Louis XVI, couverts en tapisserie à la main à dessins variés.

307 — Très-grand fauteuil en bois de chêne sculpté, couvert en tapisserie à la main. Travail moderne.

308 — Autre grand fauteuil en bois de chêne, couvert de tapisserie à la main. Travail moderne.

309 — Huit fauteuils Louis XVI, en bois sculpté et doré, garnis mais non couverts.

310 — Chaise longue en deux parties, du temps de Louis XV, en bois sculpté et doré, garnie mais non couverte.

311 — Deux chaises Louis XV, en bois sculpté, rehaussées
de couleurs et d'or et foncées en canne.

312 — Fauteuil de bureau du temps de Louis XVI, en
bois d'acajou, garni de bronzes et couvert en cuir.

313 — Deux chaises Louis XVI, couvertes en tapisserie à
la main, en deux modèles.

314 — Tabouret carré en bois sculpté, doré et rehaussé de
blanc, couvert en étoffe de soie à fleurs brochées, sur
fond violacé.

315 — Bois de tabouret Louis XIV, en bois sculpté et
doré.

316 — Deux tabourets de piano en bois sculpté et rehaussé
d'or, couverts en damas de soie rouge.

317-324 — Quarante-deux siéges divers, des époques
Louis XV et Louis XVI, la plupart non couverts. Ce
lot sera divisé.

ÉTOFFES & TENTURES

325 — Deux très-beaux rideaux en satin bleu clair, richement brodés à fleurs, paysages et figures chinoises.
Belle conservation. Haut., 3 m. 50.

326 — Deux très-beaux rideaux, un couvre-lit et tenture
de lit, en satin blanc, richement brodés en chenille à
quadrillages de feuillages et bouquets de fleurs. Epoque
Louis XV. Très-belle conservation. Haut., 3 m. 25.

327 — Deux pièces de velours coupé cramoisi, dessins à
rosaces. Environ 50 mètres.

328 — Pièce de belle étoffe de soie bleu clair, richement
brochée d'argent à fleurs, feuillages et ornements.
Environ 16 mètres.

329 — Quatre très-grands rideaux en damas de soie rouge.

330 — Quatre autres très-grands rideaux en damas de
soie rouge.

331 — Tenture de chambre en soie vert olive : garniture
de lit, rideaux, etc.

332 — Tenture en brocatelle de soie blanche à riche dessin ton sur ton, composée de rideaux de lit, de croisées et d'alcôve. Environ dix grandes pièces.

333 — Tenture de lit en damas de soie rouge.

334 — Fort lot de rideaux en brocatelle de soie rouge, à
dessin ton sur ton.

335 — Couvre-lit en toile écrue, brodé au plumetis à fleurs
de couleurs.

336 — Tenture de lit du temps de Louis **XIV**, en toile écrue, richement brodée à ornements en soie blanche.

337 — Tenture de chambre en soie bleu clair, à paillons et ornements brochés en soie blanche.

338 — Coussin en soie jaune paille, richement brodé en chenille de soie à fleurs et chiffre.

339 — Lot de tapisseries à la main ; garnitures de siéges, panneaux, etc. Travail moderne.

340-351 — Quantité de tentures ou rideaux en toile de Jouy ou autres.

352 — Tapis de table en étoffe lamée d'argent sur fond jaune.

353 — Beau et fort lot d'anciens cuirs de Cordoue à riche décor de figures, de fleurs, d'oiseaux et d'ornements sur fond argenté et doré.